JN012410

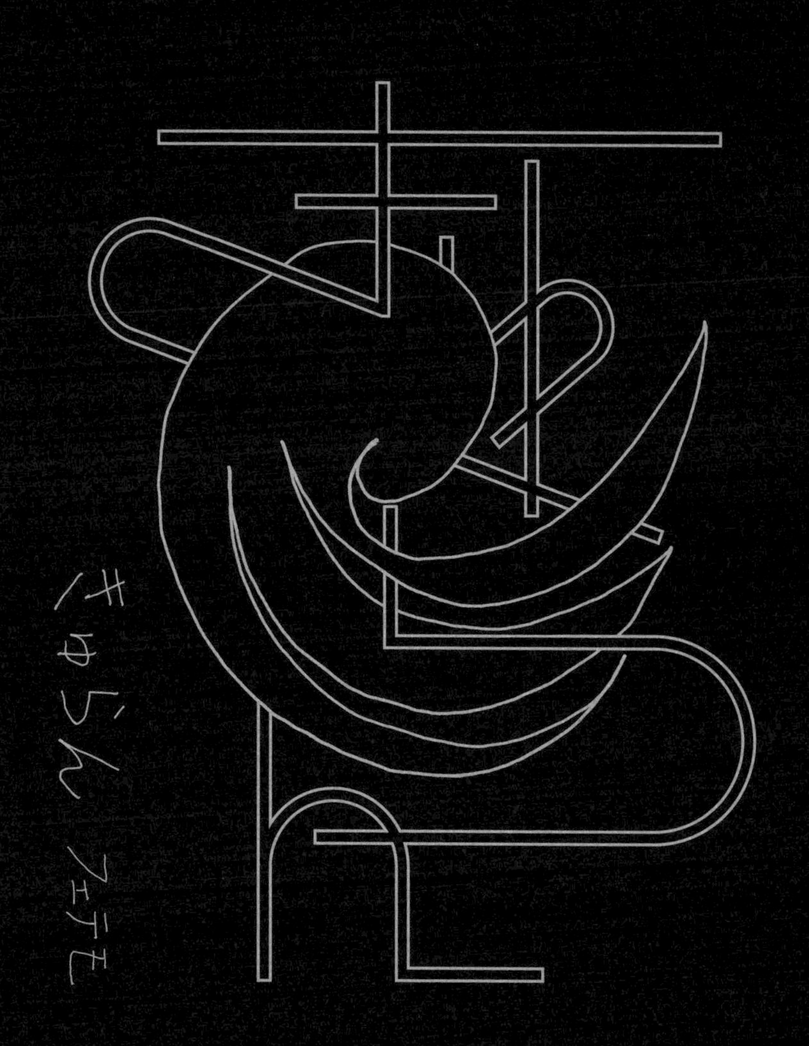

幻冬舎 MC

きゅらん

まえがき

あらゆる事がらを
詩で、物語を、表現しました。
時には、魔法のように、表現しました。
それらを、ひらがなで、表現しました。

うおおおおおおおん
たっぷん
たっぷん
ぷるるるん

1

ああ　きもちがいいなあ
ううん　ねむねむ
なまぬるい
あたたたかさぬ
2
やっとだり

うん なにも ぜずじで
やっちょり
はああここて おわりろ
とい
よは よに でとうない

あああああああ
かたちに なってきちち
ふううん ぴきぴき
いやしっぽ これは
ごまかすか

でも
そう すると
うそ はやすかたちち
ううんこなく
あたまいと
ううん

きぴぴり ぴりる
あっ
こののうりょくだみ
あああ きんいろって
だみ

とうめい しろ あか
ふうわ ふうわ
あれ あああい
はね だみ
しかし とぶ きもちよさ
なき と なると

7

ぎぜんな かんじじ
はやす かたちちち
ほうらあああう
ほうらあああり
あたま われるり
あま だみだみの のうりょく

ううほらあ
きぴぴりぴりる
ぎんいろりりり
よりょうよりょうね
だみだっとれ とうめいしろまお
くねりくねり しかしや

9

いずれり　きんきん
ぎんぎん
あれあ　まあまあ　それはそれは
おいときて
あまのうりょくり
あかのうりょくり

どうした もんだべ
の のおう ううん まあ
ちょっとち づつに
だしたってり むきふむき
ね おらあああ あ
ないうみ かいかんうみ

さち　どうつかお　もり
うんんんん　それにとこに
きもちがいいろり
うんんんん
でたくなきやにり
でとしなく

たいへんなかんじに
あああ あんほはああああ
にをもって さんをかんじ
いちを もとめるり
うんくらきや あああ あ
きば ため これは ため

うなるる　はんのうに
のうのう　でもっこれは　へんたいに
うんんんん　まため
からたちいさき　われよけいにの
どのくらいのにしるか
のこれ~~る~~りゅ　おおきし　そっこ

みえる　おおきにって
ゆうとっとが　これは
どうでもええ
でも　ちいさが　すぎても
はやすぎつかれり　だぬり

こどくが ほしいち そりに
きもちが すぐれぬり
にいだきら
せんさいに きこえたき
どんっとっ
うん

ないうみ　かいかんうみの
ためにもずろ
うんとりあえず
でやすいくらいで
あちは　でてかから
おるよい

ながさき　さいこうちは
あんまり　まったく
いんにょ、いかの
われ　またやまた
ひとつ　あいしたるりれのかや

うんん　ないうみ
かいかんうみが
ひかるるるるいからして
ふぉるってぴりゃ　ふふふ　ふ
これすくきわ　どすっぴゃっ
くきっり　ないとね

こたち かたちぢ ただちさえ
めたつす まあ ちまるよりき
でかきゅ あるゅ んだじゃから
しょうがっぬっに
さきぐろ あため からたとまり
ぬにかんぱえ ちも

つおうが なきやめ
まあ ぱっちり しなきこときで
こんきょ なないじしん
うんんんん こらだいぺん
ないうみ かいかんうみに
とっぴは よきよき

そろそろりいれいいれい
はあああいいうっわぁありゃ
めがいたむひかり　あああ
いきとない　ああ
すいっこまれり　ああああ

つぶれりゃ ああ
まま ぶりなってるり
うんみみ うようよっ
てすみみみ いたきかき
きいいいいんいんっ
あああ いやじゃおままあ あ

おわりょんんんっこっっ
うわあああなんにゃなんにゃ
すべてに　おもき
うんんんんんんん
われのかたちちじょ
なき　~~からだかきまり~~

かたまりからだじゃ
なきやが、うようよっうようよっ
あつきかな つううううん
とっ ぼおうおおおん とっ
うよっうよっっ
うん おもいどおりに うごか[illegible]にき

うんんんんんっ
こっちゃっくっちゃっ
おうっっっ うごいたき
うん んん
うごいたきけが うごかにゅ
なんだ このからだゃ

おっぱっつんっつふぉうんっ
うんっなにかなくなっ
かんかく なんだあなんだあ
ふうわり ふうわり
ふうわり ふうわり

とんっなっうんっよくっ

よくっていどう

はなよく　ふうんっ

はなめ　みずっ

ちょっとりもどり

ぐううううんがもどりゅ

うんっくらきゅひかりゅ
なんにゃなんにゃ
くらきかやくらきかや
くらきかやくらきかや
ぺちゃりぷちゃりゅ
ぺちゃりゅぷちゃり

みみみみみみ
ぞっちじゃの~~お~~おあ
そっちじゃのおあが
あるよ　ん　め　おもな
めおもな
なんじゃおお　なんじゃおお

かてや　なんにゃああ
うん　なんか　おくにゃりろ
おもくりゃ　おもくりゃ
せちゃからしち
なんか　おくにゃりろ　に
うんんんんっ

ぼおうおおおおん
とっちゃろりんっ
ふうういんふうういん
ほっふっへっよっ
ぐううううっんっ
あしあつくきにいいいいっ

ふわっおっ
とっとっこてっちょっ

さてはてやりゃ　さてはてやりゃ
めっ　えしゃく　ぽの
からだなかひびきわ
だれもかれも
こうりょ　どうくつじょ　ぱて
ぽう　うちゅう　うちゅう　にゅ

みじゅぎゃ　にゃがれりゅ
にゃがれりゅ　ふううううん
しいいいっとにしいいいっとに
ふううううん
すううううっと
ながれり　ふかちゃ　ふかちゃ

しずかきゅ
きもちょちゅ　かなや
からだぁじゅうに　ぬみじゅが
すううううううっと
いきゅわちゃりゅ　ちょうな
かんけく　ちょりが

からだぉ じゅうに みじゅが
すうううううううっと
いきゅわちゃりゅ ちょうな
かんけく
にゅ
なりゃ女ず
こりゅに ちょばれたりる

んたぁん
おっちいちょにかきゅうに
おっちい
ちょうちょう ちたり
ふぁあああああああああああん

ちゃまちゃま　ちっちゃきにちっちゃきに
たんたんたんたんたんたんたんたんたんたん
ちょちて　ちゃらに　ちゃっちゃくに
たんたんたんたんたんたんたんたん
おっきく　うっっすきゅ　にゅにぃ
ふあんっっ
ちゃっ　まぶっ　ちゃっ　ちゃでえええ　え

きてぃぃ
たまてぃ　おもち
みるっけみるっけ
めっきもっちっ
はないってぃ　いぇい　でみ
めっきもっちっ
じゃかるぢ

かさねすぎ たったしいに
こもちぱるう めっめっくらっちっくらっちっ
かるきな どんぼりる
ちしんきくっちゃりゃりゅ
ぴいいやえ
ああ あためいたちりき ひゃっ
とんな ことちょも ちょうちょうげちゅ おちいっ

ももてぃ　ちろ　てかじぃ　ぴでぃ　たれ
てもぴ　きゃぴゃっっ
ぴやて　ぱじぱまちり
ぴとう　ぷううううん
ぴやち
ぽれんぢ

とぅとぅむん
ぽわりてぃちか ぱんがぺづ
ぱりふぁってぃ ぱり ふぁってぃ
ぢたろりいいいいいいいち
んっぱあっっっ
ちろっぢろっ ぱるくと おとりょくぢょ
たっぴぃ ち

だんまゃる にてぃ
ぱいいとう
くさぁきあや はなぁ くるおもおいっ
じゃかあぴりぃぃい やれるてょおおりぃ
ぴろおり ぴぃぃぃりょお
おもさぴぃ

じゅまあ ぴゃ

ぴにいぢろう

ぷつぁりぃ

ぱんつがきぃ

ぽにかく　づるっづるっ

ずれえてぇ

フブちゃなきぃとっ

ちょの　ちきぃ

おもだちぃ　ぴかっつ

ふわあっ
うぽぁああああんっ
ぴがうのぢ
ぽうかあ
ざぴっぱっぱっ
ざぴっぱっぱっ

めたぴぃ
あとぴっ
ぱらそい
ぽくたいしゃ
ぽんっぺっ
いぴめぱれっこっ
ぷみどに゛ぴろ
ぽもみいで　おぷらせいでとく

ぱぢめてぇ
おわたせてぇ
ぱぢごえばい
ぴじめてぇ
ぼわしい
びらわれり
みどめぇぢい

びみょ おさまれり

ぶきたるわ

こぶぱつ
べんうぱつ
うんうぱつ
まじむぱつ
やさいぱつ
きつきぱつ
じゅすぱつ

れつさぱつ
せいくぱつ
ずううらぱつ
せん ぱつ
おそたてぱつ
けんきぱつ
たぜ ぱつ
せい ぱつ
あど ぱつ

くうくぱつ
よわりぱつ
じし ぱつ
だし ぱつ
おと ぱつ
こも ぱつ
ほんうぱつ
つくぱつ
~~げん~~げんつゃぱつ
りうしぱつ

うちゅれゆく ほんと
うちゅれゆく おもいとこのみ
なにうぉ たのちみ
なにに こころ うごうご ちたり

そいて
やりすぎたったた ふうけ
なんだか なみでの にいいいいで
なににもん

なし ほんちでっで でえい

めえええええ
みいてえ　みいてえ
なんでなんでえなんでなんで
ほんとじほんとじ
ねがってええねがってえで
まいじゃい　まいじ　まいぶ　まいび
どこどこ　までまで　もももももも
ほんちょう　だかり　ちんどいい

くれええっと　おばる
いっばいのお　めめめ　めめば　んて

とおうき　きえききえ　おらおらおれえ
ぴんいろれ
くぎりびとびと
おっきっ

52

かわったの　おもいだ
あたらおちつき
どあいさが
わが　うちじゅうりん
ほじ　うごらし
きんん　もっちってっ
なしっんばが
めっだ

ぺんちっざ
やば　ゆっしんっ
わあれっ　まっびき　け
おっばらる
じって
おっばり

54

かんて　らぴすたあり
こおれかんあす　ぴいりいりやぱる
らぱかすてぃり
うちゅうみず　うちゅうみず
あらゆうる
いろ　いろ
くうき　なっし　くうき　なっし

くうき　たいたい
くうき　つきっい　つきっい
あなあっれ
くうら　くうら
ぴかりてん　ちゅうしゅうっき
どんっっっっっ　ばっっろ　たり
っっっっっ

なあんなな
ありゅう ありゅう
ちて ・
くもり きっきっ
こうも はやなってって
ぢいら ごうら

とぅとぅ　とっと　とおり
だおりいもも　びなっい
かたまっりせん
そうら　さしおああん
しかくでっか　かおかお
とうかいさんぜゆう

なあみ　さあわ
すうううううううううんっ
よっぼん
よっよ
ぽおうれ
ぺいぎぱぐ
ぽれ

ぱじめてのふつじゆ
にっじゅうよびどまじわ
ながれしはい
びとそんじゃいいび

ぱるで
ぱみぱく
ぴないがごっくん
ながれちゃま
ようかりちゃま
みなよ　よぱっっっ

ぱんか　ぷらさきって

ぱっっっ

ちゅうべこえ

そうお

じぇきゅうううりゅ

ちゅうぎょう

ちゅうべえて
にゅんちきし
ぱおあくう
ちゃちゅば
もちょ　おっちょら　とち
ちょの　ちゃけ
ちょの　ちゅんちゃん
ぱやちゅ

ちゅうちぇん
ちゃあまちま
ちゅうべえてえ
ちょうちゃっ
ちゅうべえてえ
ちぱいか

64

ちゅんけい
ぽっこりゅ
ちゅうべえてえ
ゆっちゅり
ちんちょく
ちゅかれ なちゅも
ちゅうかおれえっ

ちも
むちゅかち
ぱやちゃ
ゆっちゅり
ちゅいてん
いちぇりゅ

ちゅみゃりゅ

ねじゅねじゅ
ぴいいいぷうううう
ぱァァァ
ぴとりじぇ　ちぇいちゃい
ぽんき　ちゃいわ
ぽんきちゃいわ

みゃあ ちょりっ ちょきわ
うちゅ ちゅいこんぢ
ぷしゅううううっちょっ
はいちぇ
ちょら かちゃい
ちゅじょう ぽんちゃくっ

くうちぇ　とぢぇっとぢぇっ
くちょっにょ　にゃぢゃちゃけ
ちゃきゃね

ちゃるま　ちゃるま

ちかきゅえ
たいちょうふ、　ひゃんちょ　ちゃべっち
たいちょうふ、　ひゃんちょ　ちゃべっち

ぼぼぼぼ
ちゃぼっちゃぼっ
りいいいいいい
ちぇいちゃく
ぱっっっ

ぺんきちぇ
ぽぴんちょ
ちょづく
ちょんちゃいっっっ
ぱっっっ

みゃっ
ちゅきくにゃい
ちゃまわにゃい
そうおっちょっ
ちゅずかにゅ
ちゃるちゅち
ちちゃれ

つねつねつねつねつねつねつねつね
つねつねつねつねつねつねつねつね

ぱっっっ

73

てぬるぺれいと
かぱちなぷりかりや
ふぁさきゃ ふぁさきゃ
かぷりちょき

ぱっっっ

ぷちゅう そちゃ あおちょ
あちゅるきゃ
ちょこよ
ちょぶ もにょ
ありちょ

ちょもにょ
らぺら
ちょにょもにょ
ちゅべちぇ　む
わちぇ　む

ぴゅううぅめみぇえええ
ええええっっっ

ぴもち　にゃおおおお

にゃおおみ　ひゅうもおおおお

しゅあやきゃっ　ちゅきぬちぇえええ

ちゃの　あちゅぽし　ちょんにゃたりょ

77

すうせええええええんっっっ
ゔぉからっさん
うぃぁさすうううううう
めみぇ まべぇ うぇ じぇたぁ
くるっ ぎゅっ
めまうじくぎ

78

めまうじくぎ
めみえ　まべえ
ちゅうちしん
ぐにゃにゅ　じじじ　れりゅうへうへう
ちゅし　しゅしゅしゅしゅしゅ
めみぇ　みじぇあすべええ
しゅわれえええええ

んぱぺんっっっ
みゃっくうっとめっ
うにゃらり うにゃらり
うにゃらり うにゃらり
ぴりひゅうにいいいい
ぴっかっらっらっ
らっ ふぁ ふぁ ふぁ ふぁ

ふあんっっっ

ああああ

おおおかいりまっびっ

ちいっぽっ

うくっ　のだちっけっ

てぇっ　まままるりゃっ　むねんっとっ

ふううううう　っっっ

すゔいゔいいいいいいん
むらさむらさむらさ
すしいいいいいん
けんじゃりっしいっっっ
すぱれんっっっ
あいなせいかいらっ
あどうじにがみいじに

82

てえいっ
りょうでえい　かじゃね　じい
おちゃま　ぶえい
ぶうっ　うおんっ
てえいっ　ぢいいた

83

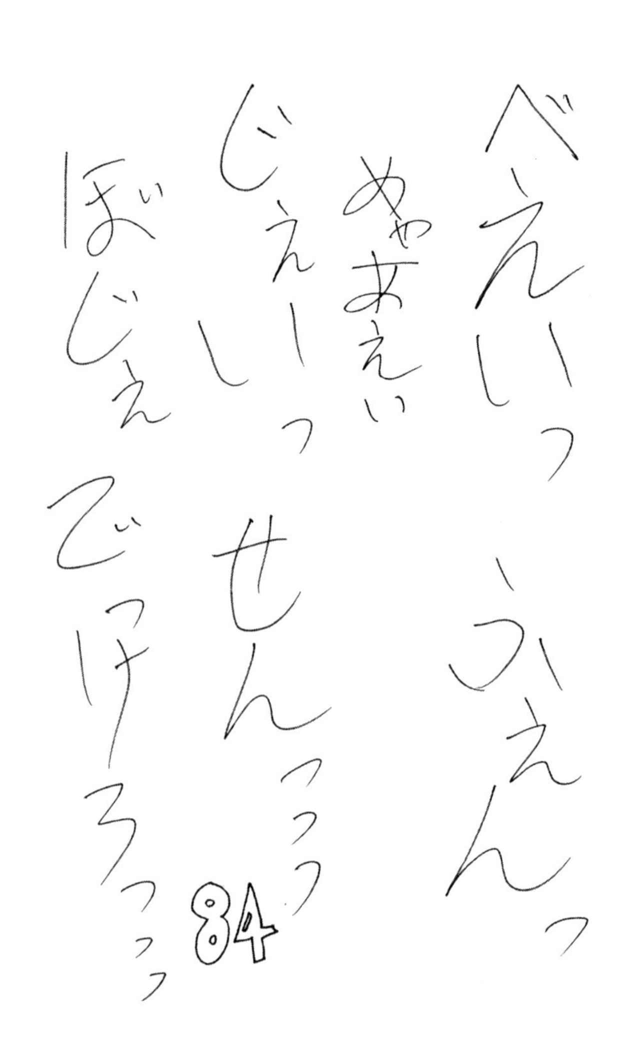
べえいっ ふえんっ
めやおえい
じえいっ せんっっっ
ぼいじえ でじっけろっっっ
84

ぴえいいいいいいいいんん

すっしえんっっっっ

ばらだっ　むらさっ　ぴゃっっっっ

ぼじーえ　[illegible]むらさしっ

ほおうきらっ

おちぬっ　おみえっ

すうせえええええっ
ちらんっちらんっちらんっ
ちらんっちらんっちらんっ
ぱあっしゅてええんっ
ふぁあああああっっっ
かぴされんっっっ

86

ぱらだ　てんきらてんきら
あまりいけ
ちまる　んっきゅるんっ
ちょうめいまる
からんっ　そおうっ
しずか　いりょ　ときい

87

うぃいいいんっ
ねむのおうそこ
ぷちっしぇんっ　ちげんっ
ぷるん　たりてえ
ぷるん　たりてえ

88

ぼぉぉぉぉんっ
ねむのおうそこ
ああむぱさ
はあああああああ
おっき　すううう
てちえっ　ぴゃっ

ぐわうこう ぐわうこう
ちゅべえて つめだ ひゃっこ
しょうげっちゅ じえっかのたみ
じえ あっちみ
ぱっ すうーうきし

おあ お゙あ゙ おあ お゙あ゙ あ

びょる　ちゃっいよう
ちゃめちっきっぽった
じぇっかき　む　ちゅぶ　おむ
ぴっっっ　ちんっ　し
ぷにょらり　ぷにょらり
ぷああああむ

91

ぴっこうおおて　ぴっこうおおて

きゅうううう　＊ちまっ

ぶにゅっらん

ふうる　きあああ

すっふぃいいいん　すっふぃいいいいん

ねっちゃれ　ぬっちゃれ

ちまあしい　もみもいちょ
ぴちかっ　ぴちかっ
つんちりか　つんちりか
ふうえいせりかり
くろっ　くら
きいろっ　きいしゅうう

なじか　にゅ　もじょる　びょう
ちんけい　おぐ
ちょこ
かみゃ　に　よりゅ　ちかち
ぼおおおん
ごおおおりん

94

うみゅ　ぱっしいや
なじか　おうずりゃっ
こんぐじゅきいぶ
ぶびがっっっ
じゃいようにゅ　せんっっっ

95

ふえんじえんじゃりゅき

ころん ころん

ぎいりょ かりじょうめい

おばり つぢ

くうんっ せいらっりゃっき

96

ごおおりゅう　きんっ
びきいいいいんっ　びきいいいいっっっ
ごつおて
ちょんじきじいろ
すっ　べんっ

95

めっきんっ
ばらだっ
むらさっきんっ
こおうりってえっ

98

こおうりってえっ
さんっきゃっざんっ
かわせいらあっ
じきいんなら
こすてえいら

99

がぃんげんせいらお
かんためえ
みゃっくうっとめっ100
すうううう

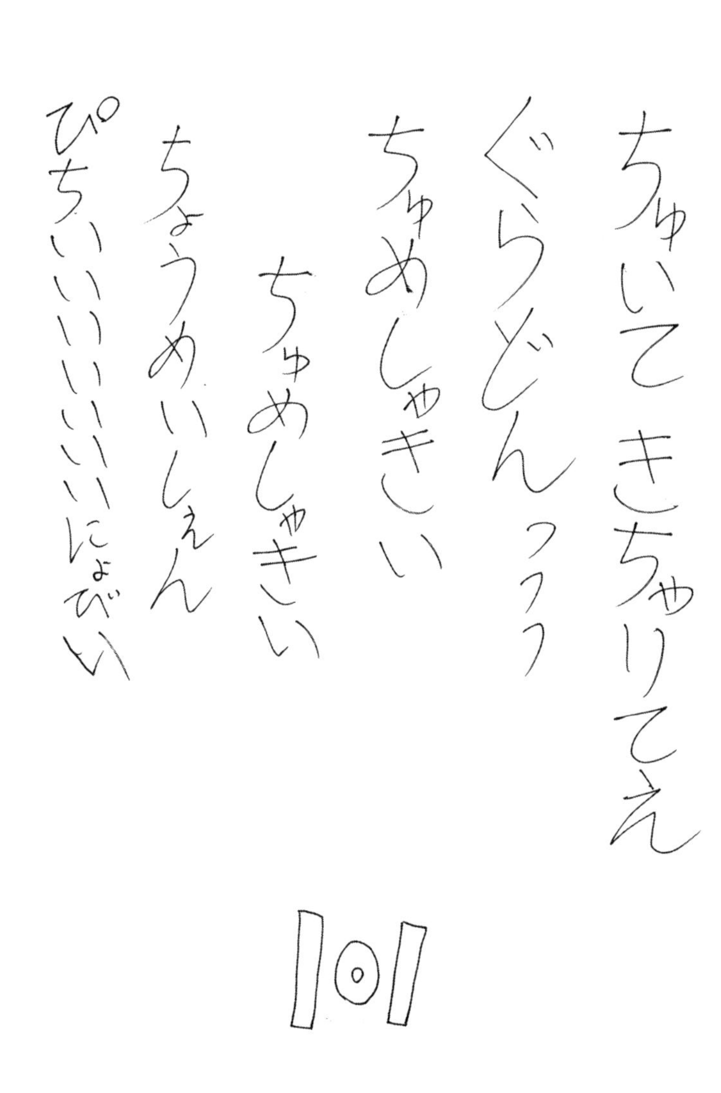
ちゅいてきちゃりてえ
ぐらどどんっっっ
ちゅめしゃきい
ちゅめしゃきい
ちょうめいしぇん
ぴちいいいいいいにょびい
101

ぴちしぇんぴちしぇん
しゅるるり
しゅるしゃんしゅるしゃん
ちゅらまりんるう
けちゃまかたま
ちゃらだあ

102

まりゅるおおいん
ちょうめいけちゃま゛あ
ちゃいんってんっ
ちびれ　ちゅびれええ

103

めっ　ぎん
ばらだっ
むらさっぎんっ
くうえんかんさんや
あつくりでえ

104

あっくりてえ
かわんさんさんやあ
からぎんせん
けいさいらいっ
ぎじゅらけんばんっ

105

さんしんかんかあれ
きゃ゛らめりんだいんっ
みゅっくうっ　とめっ
すうううう
ちぇんちゃりんけん

ちゃんばんっ
ちまるっ
ぴよっ

107

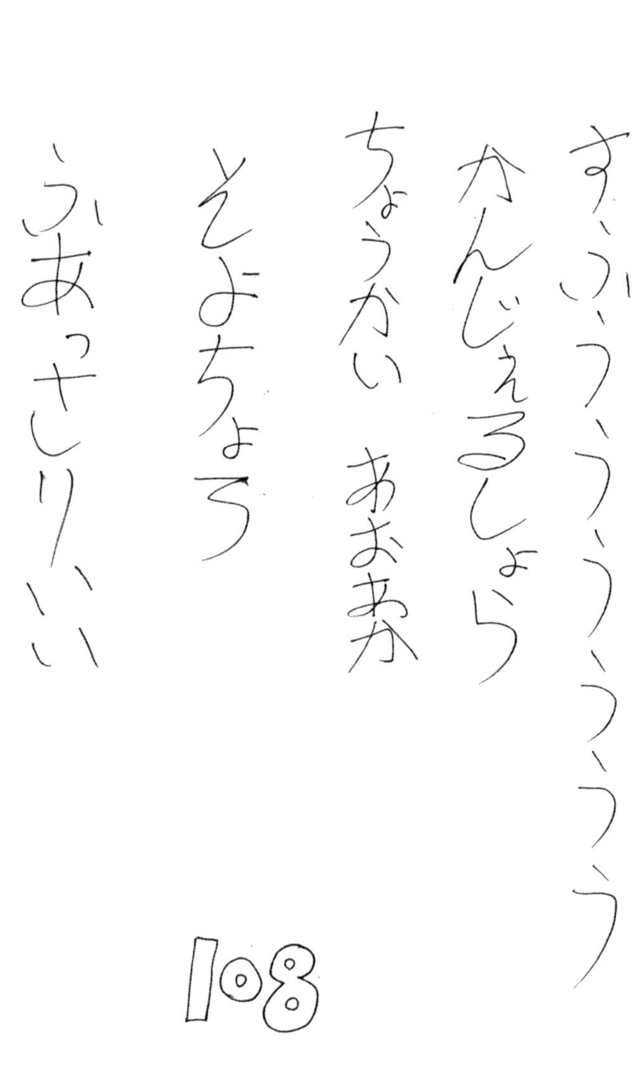
すふうううううう
かんじぇるしょら
ちょうかい　あおあか
とよちょろ
ふあっさりいい

ちぇぇ　ぴゃっ　りっ
すちいいいいいい
ちぇに　みゃきちゅいでぇ
ちかりぎゃ
ちゃらだにゅ
ひょんひゅっ　ひょんひゅっ

ひょんひゅっ　ひょんひゅっ
ひょひょひょひょひょひょひょ
んんんんんんん
まらさいきしゃ
とびゅら　ちょ　いち　こんっっっ

110

ちょらぎゅ きっきっ
きいちょ かちゃまり
どんちょん
ちゅいっこまちゅうううう
ちいちゃき なちゅ ようにゅ
びっちゃく 数なちゅ

Ⅲ

ちゅうううううしい
ちふぉんっっっ
んちゅっ
ちゃらだ　ちえた
うもうえっ

ふうんからさっさ
ふうんからさっさ
ふうんから
ちきいいいいいい
いいいいいいいっっっ

113

いちゅきの ちぇきない
ちゅずけしゃ
おちょとなち おちょと
おりゅは きいちょ
にょ ちゅうちんに うょく

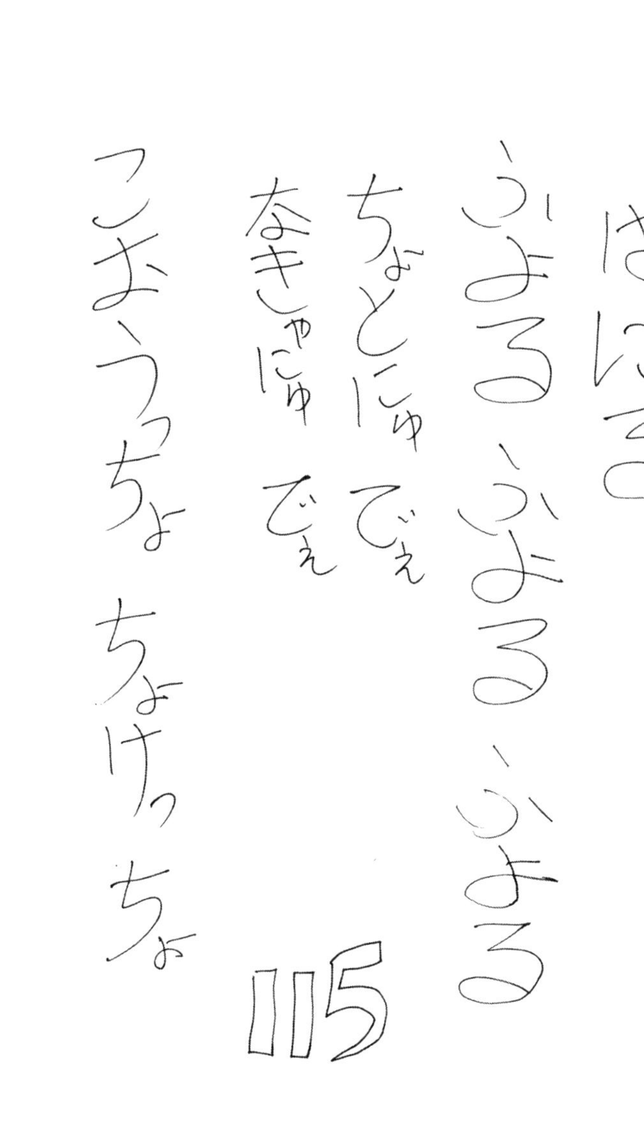
はにる
ふよる ふよる ふよる
ちょとにゅ でぇ
なきしゃにゅ でぇ
こまうっちょ ちょけっちょ
115

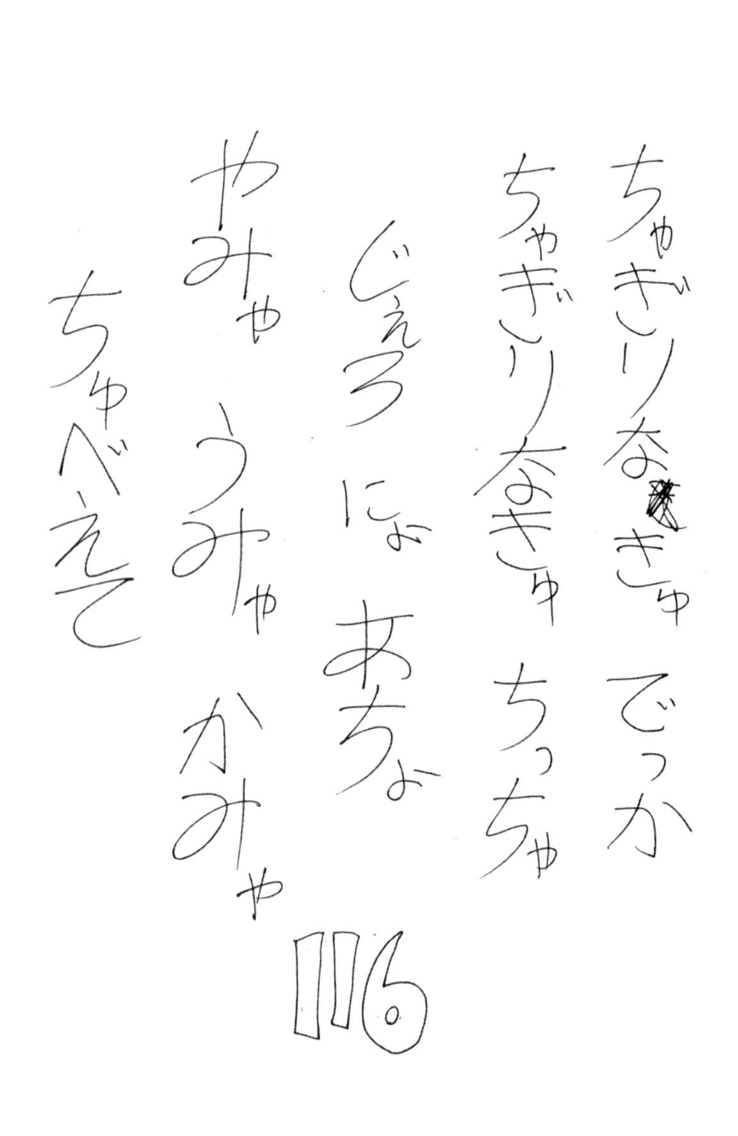
ちゅぎりなきゅ でっか
ちゃぎりなきゅ ちっちゅ
じぇろにょ あちょ
やみゅ うみゃ かみゃ
ちゅべえて
116

じから
いっぱうよ
じから
ちょりゅの
りょのなちゃちょっ

なにゅ なち
かちぇも
あみぇも
あぺうっつ
あみぇぱ

118

ちぇにゅ
お゛お゛お゛お゛お゛おおおお
ゔぉ゛さおおおおおお
ゔんさっ　ゔんさっ
ゔさゔさ　ふう　ふんさ

119

おみぇぷぴょんっっっ

ぷよせ　ぷよせ

ぷにょろりって　おにゃ

うちゅ

ながりゅきし　ぴてんち

120

ぴいいいいいいい
ちいいいいいいい
うちゅ いぱ にゃがりーり
てんちぇんてんちぇん
てんちぇん
ぴにょぴぴぴぴぴ

【2】

はにゃれんちぇんっっ
くりゅにょにちょい
おみゃおみゃこば
ぴいいいいいい
ちいいいいいい
んんんんんんんんんんんん

んんんんんんんん

んじょ

んん　ちれありゅんちれ

んぢちっ

ぺりさんさ　ぺりさんさ

かすてぺちり

123

ぱか~~あ~~すて
ぴちぴっ
ぴょおおおおおお
おおおおおおおおお
ぴちてんっっ

ぴいいいいい
ちいいいいいい
いいいむむむむむむ
ふのおおおおん
ぶじわほっ
ぴちてんっ

ぶふあっっ

こおおおおおおお

おおおおじゅわちっっ

おおおおお

くらせぱっっ

くうううううう

ぴてんち

126

ぷよせ　ぷよせ
おみえぷぴょんっっっ
ふさふさ　ふう　ふんさ
ふんさっ　ふんさっ
ふぁさあああああ
おあああああ

127

ぢぴちんっっ
さぁぁぁぁぁぁぁ
つぶんつぶんつぶん
ちょうろうぎぃ
かちぇ　にゅ、ふんわっさぃっ

128

ん
ろぴらんらん
ろぴらんらん
ろぴろぴらんらん
ろぴぴ

ぷっしゅんっっっ

ん

おやみゃ　おうみゃ　おかみゃ 130

しりょ

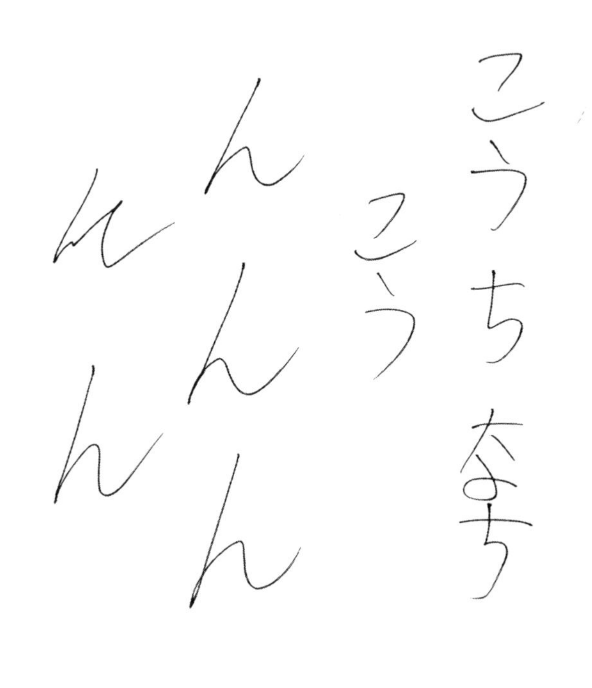

かじゅらじぇて
ぺせからららいや
しいかんな
きてべんさね

132

しゃわしゃわ
ふさんら
ぽし
ちゅりちゅり かちゃま

1333

きゅうううぴきちかんっっ
ぽねっぱっっっ
ちゅりちゅり
かちんぱちん
ぴんが

134

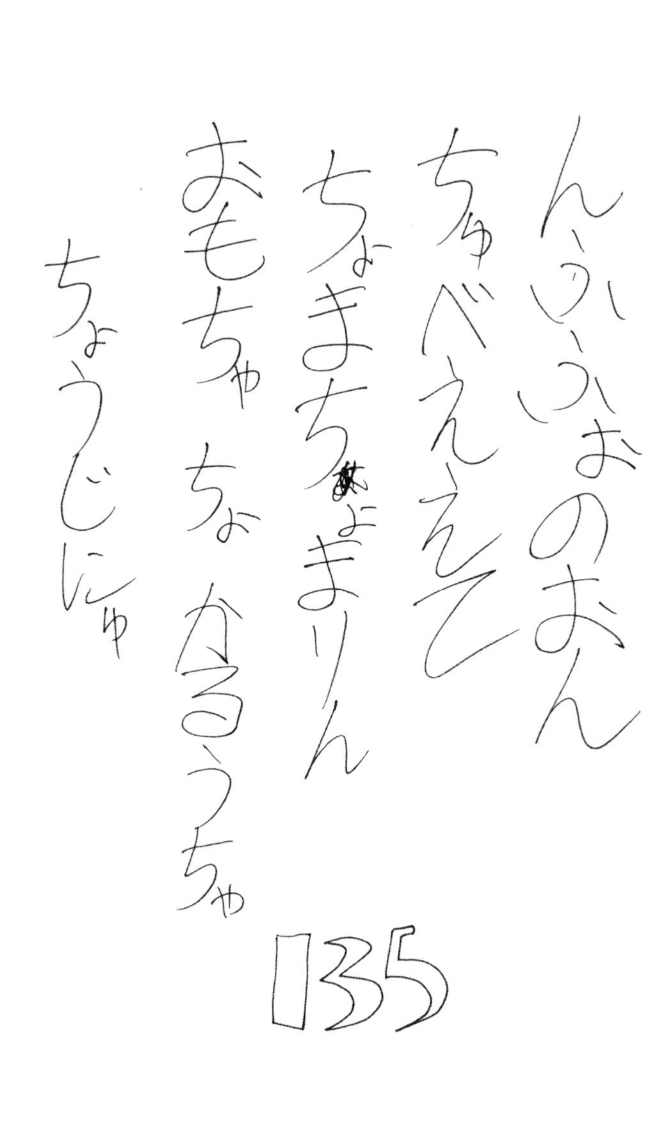
んふぃふぃおのおん
ちゅべええて
ちょまちょまりん
おもちゃ ちょ かるうちゃ
ちょうじじゅ
135

ぱなにょ　ちゃおり
ううぇにゅ　ちたにゅ
あっぢゃにゅ　こっちゃにゅ
まうぇじゅ　うちろにゅ
ちゅうにゅ　まわりゅにゅ
むにゅ

136

おりゅ　にゅ
あちゃるい
くりゃい
あちゃるい
くりゃい
おりんぢ　きいりょ

あきしゃ
ちゃいちょ ぴろい
ちゅうきゃん
ちぇまく
ちゃいご ぴろい

ちゃいちょぴろい
ちゅうきゃん
ちぇまく
ちゃいごぴろい
ちゅいっこまり
ふちゃれ

139

ちゅいこまり
ふちゃれ
とっぷんっっっ
ぱっっっ
ぽっっっ

140

ぱっっ
ぽっっ
と
くろんる

141

ぜんが
ありゃゆりゅ　かじゃり
まわりゅ　ちょと
いりょ　ぴかりゅ
とみぇぴかりゅ

142

ちゅねかわりゅ　なぎゅり
ゆりゅちゅりゅ
まわりゅ　まっちゅらり
こりゅ　いっぱ

143

くわぉるて
うじゅんてうじゅんて
かつつつ
なきゅそうありゅそう
とようみころ

144

ぜんがみつ
かちゃねっちゅりゅ
ぱすかっっっ
ぽおおねんすにゃるん

145

かちねんぷん
ぽりかぴや
くずねんり
しきすてやすの
ぐわらすて

146

みちょりせん
くりょうん
つんつんつんつんつん
つん

ちょめ

よむ　よむ

とおお

つん

たりたり
たり
たり

151

きずつし

ひゅた

152

くらん

ゆんき

ゆんき

しゅりぴんっっっ

153

くりょ
ちぱんっっっ
ちえっっっ

154

ふぁらん

ふ、

155

むちょ　ちょめ

むめ

156

すらん

157

にゃにも

みにゅ

とちょっっっ

158

にみと
ちょらまあお　にみと
うちゅっぽしっ　にみと
あみえちゅぶ　にみと
ちろっゆっふっ　にみと

159

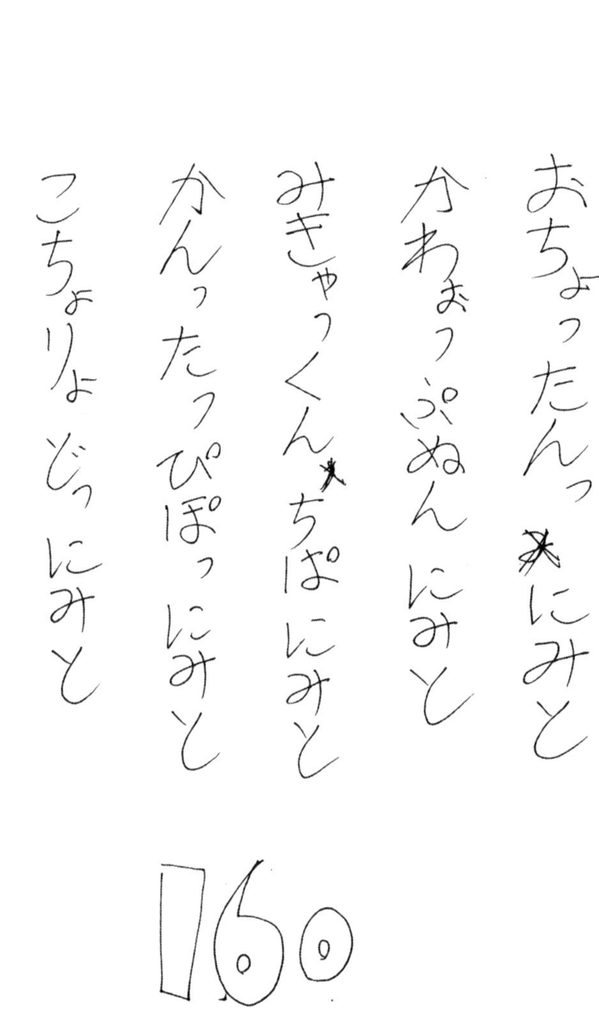
おちょったんっ＊にみと
かわょっぷぬん にみと
みきゃっくん＊ちぱ にみと
かんったっぴぽっ にみと
こちょりょ どっ にみと
160

しょっちょん ふっ にみと
ぱらた どん にみと
かちえっ ひゃふね にみと
ちゃいよう じず にみと
ちゅき ちりょん にみと

ぴと ぴと にみと
ちゅべえて もにゅ にみと
なちい むじゃぬ にみと

162

くりゅっくりゅっ

ふはん

ひゅっほん

ちゅんっっっ

きちぇりゅ　ちゅんきゅん

てんちぇん

ぴとりっちゅっ

むにえっひゃっ

166

ぴきゃりっしぇんっ

うううふ

167

う

あたさんっっっ

ちゅ

ちょ

ちゃ

ぬさん

ぱりゅんぽりゅん

んんん　ん

ちーんりゅみじゅいりょ

おっふぁあなのん

172

かりゅかみゅきゃりしゃねねろぎ

ふぁかねん　さんりん
ふぁかねん　さんりん

ちずのんねんさ

174

せふぇんかりや
してねのんてちんさ
きさしぬらんかんせん
ぼにじきんさ

175

がんばれがんばれがんばれがんばれがんばれ

176

むよ

じりゅらの

じょうとうな
おもし

うちゅうのはて
きょうな
なにが
ながれておる
まりんのみゅ

くうき
つきもの
びと

そらの
なかの
あな

みょうな
ながれてよ

せいじょうかん

ぴりっ
しずかへ

じゃにら

ねりく
ねのり

ねめり

いまを
くう

ちゅじょうなし

そとの
せいかく

あおいろ
げんそう

ぬりのぬ

にかりぬ

ぬまの
そこの
いろがみ
ぬ

そめら

じょにちゅ

さっつ
みえる

ゆめの
におい

おのれのつち

とおくが
ちかい

そらって
なかなか
みえなかったりする

ちぇりらばる

あおの
うちゅう

ぺのうき

ないのうえ

あつかいやすき
じょうきょうかに
ちょうどのいい
もんじょうを
つけ

ゆめの
ゆめえ

われの
いきする
ところとは

ああ
あおさにとけこみたい

げなろ

きおんちょうせいのまりょく
それはもしかしたら
ひとのおもいの
そうぞうの
こんらん

ねくしゅ

とうわれすぎった
ひかりとやら

われ
こをもって ながれゆく
いつしか きょうれつに
うわるがために

ぺがちの

いのかのちゃり

あるは
てんづく
なし

ただただ
のびるばかり
ぶくは

しんじる
よりも
いのちを

ゆめ
うあすれいて

めきなまき

きみがしたいのは
きみをしたいのだ

ああ
あたまが
とおおい

きせき
きせき

くたぴ

ろにきあ

どこまでも
どこまでも

てちかや

おしそば
しおか

いちいっぱい
さきしる

つちこり

ちきゅうを
しかくに

おとのない
ところへ
おとを
もとめる

みなよ
よわきに
ひかりをはなて

きぼうが
なやむ

ろにきあ

けぴやに

そこの
ひかりに
とけこむ

さならね

くなに
よあくに
にる

いみを
きょうせい

いぬりろ

むしのおとずれ
グ

ちじゃんが

てぺてぺてわ

かぜのはいり
ひかりのはいり
が
かわったとき

るかゆ

よびこみ
ふしぎ

なちなとたり

わらりおん

ちゃぺりゃいの

すべての
かわりと
ばかりに
ばけものが

よゆうで
ぎりぎりを
けっきょく
こどくへと
おぼれり

ふんいき

いまに
とらわれし
ものより

ほりゃしゃねかん

ぐらにゃりら

みえぬなみだ それは
いろもかたちも
みえぬ

りこねかるり

ぴりゃらめ

あおき
つきへと
みちびき
されり

るかさめ

とけ
ひゃ

あおぐろき
みちにて
むかい
そうろう

のがれりや

ちょにからり

じんらんしゃけ

んさりゃ

もしかりゃへ

ゆれうごく
かげ ひかり
だれもみえぬ われひとり
あるは
わけのわからぬ じしんのみ

ごうりに
どくを
ちりばめる

へんけいねん

においのかなた

じんをあおぐ

なちゃりや

あおのひろさに
あきれはて

んりやるり

つめたすぎる
みず
それから
うまれでた
よね

たにゅちらろ

むらさきの
えきたいに
はいれ
もぐるんだ

ちにゅし

みせるはかなしみあな

じにら

ひとは じごくをつくる

しゃにえる

われ
あらわる
おくの
おくの
ほう
よりて

ときにきえたい

よはかながうき
よはのれるをあおぐ

ちのちゅ

ぽうぢから

くろい
しずか

らかいや

ぴちょるなと

いちづつ

あめで
よけ

どうしようもなきそら

じょりら

くろくとうめいな
もの

けりょらり

どうしようもなき
そら

めとい

じぬら

ろくしや

つぉき、

はいぶんは
あく

もんだいは
いじょうにではなく
ふつうにある

はるかとおくより
きこえし
あらしかぜのおと
これを
みずからだし
ならす

よによは
なし

とぶがごとく
うちまくる

ぜんの
さかえた
とき、から
いおう

まともな
いじめ

あくの
さかえた
とき、は
なし

すよりょちちちぴょうとね
けふえしえん

つめたき、ほのおつ
いじょうな
つめたさ、なり

みえぬ
われに
みうり
す

うずのなかへと
つれこんだ

ふぃえいしむ

ああ
かなしみが
かんじている

てんさいの
ほとんどが
くさったまま
おわるものだ

せふぇりむ

むいしきかん

ちりだだものちり

きど あいらく
よ
すべて
このことの
ために

はれ
くもり
あめ
ふか

わたし
あい
より
む

ふつう
ふぁんたじい

いちいち
かくにん
なんでもかんでも
ごみ

ひかり
やみ
あいだ
む

ずぼんが
まえか
うしろか

にっとし
あたまを
かしげ
うすめし
ひかり
の
なかへ

いちいち
とまって
おもい
だし
だし

ぼくも
おれも
わたしも
や

げんてい されたじかんのなか
では
じぶんのいしを
みつけられない

そしぇふる

いちのさくきくゆえ

かれるだろうか
いきていないのに
かれるさ
いきていなくとも

ああ
かみよ わたしは
なにを てにいれたの
でしょう

おちていくのが
しぜん

うくのが
ふしぜん

ほんと
はじまらず

うそ
おわらず

ひかりにこがれ
やみにいやされ

また
うちゅうに
ういた

はいかい
たったんだい

きもちわるさ
から
はじまる

わたしをとりまくように
くうきがふきあれて
なぜなんだ
なんだか
みょうに
いごこちが
いい
うるさしずか

これをあげた うそをもらった

すにちかずき
よにはなれる

ふぇりそりゅ

うったえた みえた

むおんにくるうらら

そらの
あなな
うめよ

るつ

そらに
うもれたき

そとうち
こうかん

いどう
くう

んたぬけにや

もたぴ

くるしさもの

うつくしく
ざんねんで
あきらめて
くるいだし
われなくす
ひととなり

ねきゅらん

むたかて

なたのんつ

ふあんていなもり

いまが
とおおい

じょうぎのさき

じぇりいくめとみ

かわ しずみかけた
たいよう
ひかり
きえてなくなってしまうほどの
みあびて

めまぐるしく
あんてい

とけいに
はいらず

ないのなか

ひかりの
なかの
かたち

ひかりのなかに
つつまれたきや

はばたく
いろ

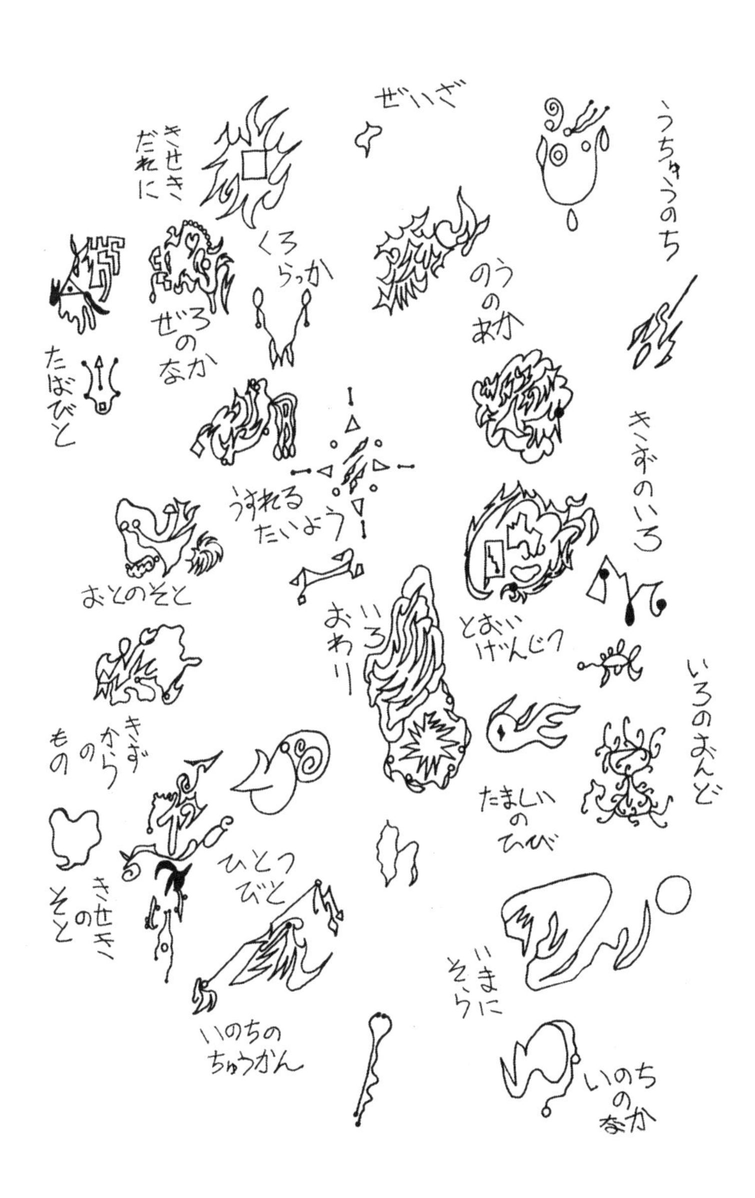

ぜいざ
うちゅうのち
きせき
だれに
くろ
らっか
のう
の
あか
ぜろ
の
なか
たばびと
きずのいろ
うすれる
たいよう
おとのそと
いろ
おわり
とおい
げんじつ
いろのおんど
きず
から
の
もの
たましい
の
ひび
ひとつ
びと
きせき
の
そと
いまに
そら
いのちの
ちゅうかん
いのち
の
なか

はじまりは
けいけん
しているが
おわりは
けいけん
していない
からだ

おわりにさえ
ゆけぬのか
つまらんいのちよ

ちのちず
なき
ぼ

たましいに
きざ
にじ
せ
の

きずづけ
いのち

かうぱ

いのち
を
きりとる

じつにじごく

ちじょうの
そらじゃ
ない
そら

うむ
うしろめたさ

たまが
はね
そして
しずむ

らんぱ

くら
の
そと

ちり
の
ちり

おとの
かなたへ

きゅうきゅうおん
あたたかさ

じつにいやた
い

〈著者紹介〉
フェテモ（ふぇても）

きゅらん

2024年5月17日　第1刷発行

著　者　　フェテモ
発行人　　久保田貴幸

発行元　　株式会社 幻冬舎メディアコンサルティング
〒151-0051　東京都渋谷区千駄ヶ谷4-9-7
電話　03-5411-6440（編集）

発売元　　株式会社 幻冬舎
〒151-0051　東京都渋谷区千駄ヶ谷4-9-7
電話　03-5411-6222（営業）

印刷・製本　中央精版印刷株式会社
装　丁　　秋庭祐貴

検印廃止
©FETEMO, GENTOSHA MEDIA CONSULTING 2024
Printed in Japan
ISBN 978-4-344-69107-0 C0095
幻冬舎メディアコンサルティングＨＰ
https://www.gentosha-mc.com/

※落丁本、乱丁本は購入書店を明記のうえ、小社宛にお送りください。
送料小社負担にてお取替えいたします。
※本書の一部あるいは全部を、著作者の承諾を得ずに無断で複写・複製することは
禁じられています。
定価はカバーに表示してあります。